Loin de tous les continents,
loin de toutes les villes,
quelque part sur le grand océan,
il y avait une île.

Et sur cette île,
il y avait une forêt.
Et dans cette forêt,
il y avait un marais.
Et dans ce marais
vivait un crocodile
qui s'appelait Prosper.

Prosper le crocodile
était le seul crocodile de l'île.
Mais jamais il ne s'ennuyait,
car il parlait avec les poissons,
avec les oiseaux,
avec toutes sortes d'animaux.

Si Prosper prenait un peu
de repos au bord du marais,
des oiseaux se posaient sur
son museau et sur son dos.
Puis ils chantaient pendant
des heures des couplets pleins
de couleurs.

Un jour de gros vent
arriva sur l'océan
un énorme bateau noir
qui crachait de
la fumée noire
par ses cheminées
plus hautes que
les plus hauts arbres
de la forêt.

Du bateau descendirent des hommes.
Ils ne savaient pas rire,
mais ils aimaient chasser.
Alors ils chassèrent tout ce qui vole
dans l'air, tout ce qui court dans
l'herbe, tout ce qui nage dans l'eau,
tout ce qui grimpe aux arbres de
la forêt.

Avec un grand filet,
ils ont capturé Prosper
le crocodile.
Et Prosper s'est mis à pleurer
Snif! Snif! Snif!...
Et tous les hommes ont éclaté de rire,
car ils n'avaient jamais vu un crocodile
verser des larmes.

Un homme a dit :

« Emportons ce crocodile. Ramenons-le
chez nous. Nous le montrerons dans
les foires, on se bousculera pour le voir,
on gagnera beaucoup d'argent ! Grâce
aux larmes de ce crocodile, nous
deviendrons riches ! »

Les hommes ont mis Prosper dans
une cage en fer et ils l'ont emmené très
très loin de l'île, de l'autre côté
de la mer.

À présent, tous les soirs,
Prosper est montré
dans les foires à un public
d'hommes qui rigolent et s'esclaffent
en voyant les larmes du crocodile.
Snif! Snif! Snif!...
« C'est trop drôle ! » dit un homme.
« C'est à mourir de rire ! » dit un autre
homme.

Quand le spectacle est terminé,
Prosper retourne dans sa cage.
Snif! Snif! Snif! En pleurant,
il pense au grand océan, à son île,
à sa forêt, à son marais,
à ses amis les poissons, les oiseaux,
et tous les autres animaux.

Un soir, Prosper se met à pleurer plus fort que d'habitude. Les larmes coulent. Snif! Snif! Snif!

Et plus les hommes rient et
applaudissent, et plus les larmes
s'écoulent des yeux de Prosper.
Snif! Snif! Snif!...

Snif! Snif! Snif! Snif!
Les larmes de Prosper forment une
flaque. Et la flaque se transforme
en rivière.

Les hommes n'ont plus envie de rire.
Ils ont très peur, car ils ont des larmes
jusqu'aux genoux.

Et la rivière des larmes du crocodile devient un fleuve qui emporte tous les hommes dans ses flots.

Prosper s'est jeté dans le fleuve de ses larmes, et il s'enfuit loin de la foire et des hommes, qui s'accrochent où ils peuvent pour ne pas se noyer.

Pendant toute la nuit,
Prosper a descendu le fil
de l'eau du fleuve de ses
larmes de crocodile,
et il est arrivé à la mer,
au milieu des grands bateaux.

Alors, Prosper est sorti du port,
et il a nagé, nagé, nagé, nagé
nuit et jour, jusqu'à son île
qui dort, là-bas, sur l'eau.

Sur le grand océan,
il y a une île, et sur l'île,
il y a une forêt, et au creux
de la forêt, il y a un marais.
Et dans ce marais
vit Prosper le crocodile,
tout seul, sur son île...

© Éditions du Seuil, 1997 – Dépôt légal : janvier 1997 – ISBN : 2-02-025448-4 – N° 25448-

oi 49-956 du 16 juillet 1949 sur les publications destinées à la jeunesse – Imprimé en Belgique